POETRY

北岳诗库

孔令剑

— 主编 —

仿佛的清欢

ZHANG YI
WORKS

张奕——————————著

山西出版传媒集团 北岳文艺出版社
BEIYUE LITERATURE & ART PUBLISHING HOUSE
·太原·

图书在版编目（CIP）数据

仿佛的清欢 / 张奕著．—太原：北岳文艺出版社，2018.6
（北岳诗库 / 孔令剑主编）
ISBN 978-7-5378-5625-6

Ⅰ．①仿… Ⅱ．①张… Ⅲ．①诗集－中国－当代
Ⅳ．①I227

中国版本图书馆 CIP 数据核字（2018）第 126021 号

书　　名：仿佛的清欢
著　　者：张　奕
策　　划：续小强
责任编辑：王宜青
书籍设计：张永文
印装监制：巩　璠

出版发行：山西出版传媒集团·北岳文艺出版社
地　　址：山西省太原市并州南路 57 号
邮　　编：030012
电　　话：0351-5628696（发行部）
　　　　　0351-5628688（总编室）
传　　真：0351-5628680
网　　址：http://www.bywy.com
E - mail：bywycbs@163.com
经 销 商：新华书店
印刷装订：山西万佳印业有限公司

开　　本：890mm×1240mm　1/32
字　　数：140 千字
印　　张：6.5
版　　次：2018 年 6 月第 1 版
印　　次：2021 年 1 月山西第 2 次印刷
书　　号：ISBN 978-7-5378-5625-6
定　　价：39.00 元

策划人语

“诗歌出版”是北岳文艺出版社的重要传统。前有“黑皮诗丛”，后有“天星诗库”，皆为中国当代诗歌杰出诗人之重要出发地。更有“外国名诗珍藏”，如今依然为广大诗歌爱好者所珍赏。

“北岳诗库”赓续如此光荣传统，其目光聚焦山西诗歌这一繁盛沃土，其旨在于不间断展示山西诗歌创作实绩，更瞩望为山西诗人造一清静小园。

“北岳诗库”，是我们探求共建共享出版模式的开端。大风吹宇宙，红日照高山。祈愿“北岳诗库”，如恒山一般，巍然耸立。

续小强

2018 年 2 月 2 日

天涯不是过客

——为张奕诗歌集《仿佛的清欢》唠叨几句

◎ 葛水平

长治这小城真能藏人。先说这认识：大约是2008年年底，一个人问我打听文联的一个女孩，打听人的目的很纯，是寻找结婚对象。

正是冬天，黄昏过早到来，一切都显得遥远、微妙和隐匿，除了书架、桌椅与灯光染白的四壁。如果思维有片刻的休歇阻断，便会发现自己细弱的呼吸，然后是屋外搁浅在耳道的嘶嘶空音。有敲门声响起，探头进来的女孩问："要不要锁了楼道门？"我说："要。"她说："我就知道。"我笑说："你谈对象没有？"她说："娃都长我肩膀了。"

事情就这样简单结束了。

我这人有个坏毛病，凡是好看的女子就喜欢，她们不生事，常自恋，或者可以说，自恋得顾不上生事。张奕就是。

张奕不仅仅是好看，人也有个性。早些年我不会网购，委托她做一些网上交易。有些时候委托她交易我看中的货，她不仅不做，还明确告诉我瞎花啥钱。这就让我有点不快乐，进一步声明，我花的是我的钱，我有权决定。她居然更不快乐地坚持说：过了我的手，权利决定了一半。

一副长辈德性。

我喜欢一个人说真话，尤其是上下级关系，一定要平等目视，否则没有尊重。我开始更多地注意她。

逢暮春初夏，三楼上常有暖风温软地吹拂，经由洞开的门窗，可以看到院子里翠绿的花草，不时有鸟雀清脆的啼鸣从那里传来。我听到楼道有女声哼着曲子来上班，调儿把握得很准，我便一个人笑，如果每个人都哼着小调儿来上班呢?

进入最溽热的季节，我一大早给地上的花浇水，并在日光变得暴烈前关好窗户打开空调，房间里开始有了凉风，扰人的灰尘暑气仿佛已经被拒之门外，捧一杯茶在手，心头也不再烦乱，突然就发现我的茶杯裂开了好几道纹，便叫来张奕问，她说是抹桌子不小心摔了，忘记说了。

她用词很准确没有毛病。

因为有老茬口，就想知道被摔了几次。

她笑着说：我见你也摔过。

就这样，在无法剪理的千头万绪中败下阵来。

张奕多才，我不会的她会，有些时候还很嫉妒。

冬天漫长萧瑟，寒冷寂寥，人人都穿笨拙厚重的衣裤，身坯大小不等一律变得壮阔臃肿。若是在办公室，大多时候人们都是捂着暖水宝，暖气不好，冷成了一个问题。这样，办公室就买了几个小太阳，大环境没有解决，小环境还是温暖了。某个阴冷的黄昏，我下班晚，发现办公室有口哨声，吹着一首老歌。那深情的、动人的旋律回环婉转、一波三折，时而急促地倾吐，时而幽婉地追溯，把人拉回到悠远的往昔，勾起无穷多业已淡忘的旧事。户外夜色深浓，半暗半明的光影加上潜沉于各自逝去的、被时间所封尘的世界，一下就被感动，就想知道这是哪位音乐人在吹口哨。结果看到是张奕。

我那个嫉妒心啊一下就又起了。

我摆出架子说：这么晚不回家，吹口哨，是想表现给我看急于让提拔吗？

她想都没有想说：我女儿补课，等她下课一起回家。

我说：你吹着口哨等你女儿下课？

她说：我写着诗歌等我女儿下课。

下班后吹口哨写诗歌，她也没有不务正业。多说一句这妞都会反击，罢罢罢，我微笑着点着头，虚情假意送给她一个坏笑，然后，道貌岸然离开。

季节变化，往往不易让人知觉。当冬天不再似数九天那样寒冷，窗外的阳光由淡红褪成了赤金。春天来了。偶或得闲立在窗前眺望远处，但见天穹明镜高远，少许白云的丝缕似有若无，视野里显得开阔而清爽。即便是雾岚环围的阴霾日子，那云色水汽的轻浅单薄也跟盛夏的霸蛮恣肆、冬天的浊重阴沉完全两样。之后春风吹着小草渐生，绵绵密密的风沙吹得漫天是扬花飞舞。我的幻觉里出现了各色植物的叶片轮廓，还有那些花朵，去冬的抑郁情怀伴随着一件一件衣服脱去，人变得清白靓丽。

“天地者，万物之逆旅；光阴者，百代之过客。”而浮生若梦，为欢几何？张奕的诗歌里，似乎浮泛着一腔天地心，隐约流淌着一种清欢感。她仿佛不愿以万物为刍狗，又仿佛对光阴过客有百代慕恋。似水流年的不惑而惑，焦灼并煽动着这位秉烛夜游的光阴歌者。阳春烟景，大块文章，一叶繁华只为落寞，半箧文字仿佛清欢。

是啊，我们仿佛都是天地间的过客，寄世人间，行色匆匆，忽如飙尘。那么，何不在天寒白屋的犬吠声中，风雪夜归，红泥火炉！“晚来天欲雪，能饮一杯无？”

“野马也，尘埃也，生物之以息相吹也。”读张奕的这本诗集，夏蝉秋菊，春雷冬雪，野马尘埃般的自然、生命和光阴于无声息中随风潜入，流年往事于是，酒入愁肠化作相思泪般鲜活起来，春水漫漫，秋水潇潇，夏虫唧唧，冬虫寂寂。读来恍惚有息羽听经，静观众妙之感！生物之息关乎宇宙苍生，诗人之心仿佛时光之翼。在她的诗笔下，人生三情，自然四季，就这样汩汩而出流光溢彩，暗香浮动。

一槎泛海成仿佛，人间有味是清欢。

惊蛰这一天，张奕写下诗歌《惊蛰》。

春寒料峭
日子仍蛰伏于潦草单调
你翻山越岭，从崎岖的光阴里
带来铿锵的问候
惊醒我沉闷的存在

循着你乍暖还寒的呼吸
隐秘插上翅膀
破土而出的诗意被生活拔节
春潮漫过心田
一缕新意，在漫漶的苍灰中萌动

蛰居的心事开掘春光
也会在荼蘼的寒意中，喟叹
光阴的故事
桃花在雪中妖娆
成长从疼痛里发芽

在通往春天的原野上
犁一亩松软的等待
种植缤纷的梦想
聆听春暖花开

不知别人的感受如何，但就我个人而言，每年惊蛰突如其来的第一声春雷在胸中引发的无一次不是新鲜的震惊、亢奋和欣喜。就像一枚石子击破一池死水的平静，脑子里立时亮起的念头是：呵，又重新开始了。

张奕此时正好进来，听着雷声，不自觉又吹出两声口哨儿，那种对春天舒畅的感觉实在无法言传。这样的女子，如在俗世中有风情万种的声名，没办法，那叫自带。

我以为上面这些情节是阅读张奕的《仿佛的清欢》不可或略的一环，它是这本书的基准音。你们将阅读到一个由眼科护士而进入公务员行列，受过高等教育、日常生活也并不无忧无虑、注重精神世界的充实、保持情感生活的独立、喜欢闲散自由、多才多艺的有关精神和情感的低吟浅唱者，当然，还包括瞬间心态的自然流露，以及她对艺术、人生的看法和某种情感的思念。

有一天有女友告诉我，张奕不叫张奕了，网名叫“天涯”，见面大家都叫网名，这似乎也是一个网名流行的时代。于是我便写下了这样的标题。

最后，用最俗的一句话说：天涯，妞，你还是那个张奕。

目　录

第三辑　亦行亦思

第四辑　竹杖芒鞋

第一辑　时光之奁

春天的旋律

立　春

你站在我面前
像一棵树，忧郁而沉静
春风不度你的葱郁
只把你料峭的目光，吹成
婴儿的眼睛

你始终在不远处站立
你的名字在大寒浸泡之后
涅槃成崭新的模样
温暖开始生长
一年之计悄悄地萌芽

其实，你不过初现端倪
久违的名字，却让期待
跃然心房
风依旧冷峭，水仍然噬骨
可是春的招牌就立在那里
冷郁舍身而退，给温暖让路

你喜欢，在陈年旧事里
感叹时光的馈赠
今天的风吹来感动
昨日的记忆已变换了颜色

从你的温暖出发
向前的脚步从未止息
千回百转
总在你的名字里找回希冀

你，像一棵树
静静地守望
从今起，裸露的思想
栉风沐雨
从初识的单薄，走向
初始的纯明

雨　水

风从东边吹来
我眉眼里的温柔
被风吹开
怀远的节奏次第响起
你的问候漫过心房
温暖上涨了一个春水的幅度

季节变奏的序曲

把料峭的明媚润泽
阳光拨弄情思
提醒我在这个早春，播种
一粒红豆

我把宁静安放于心房
眼波淙淙，流淌去日的笙歌
如昨的歌谣唱不尽缱绻
一朵云载着思念
追逐蔚蓝

藏在岁月的深情越积越浓
雨水稀释寒冷
淅淅沥沥的感动
把一个人的午后洇湿

躺在潮湿的光阴里
微凉的风掠过暗涌的醉
你的名字投进心湖
涟漪出一圈一圈的温柔

惊　蛰

春寒料峭
日子仍蛰伏于潦草单调
你翻山越岭，从崎岖的光阴里
带来铿锵的问候

惊醒我沉闷的存在

循着你乍暖还寒的呼吸
隐秘插上翅膀
破土而出的诗意被生活拔节
春潮漫过心田
一缕新意，在漫漶的苍灰中萌动

蛰居的心事开掘春光
也会在荼蘼的寒意中，喟叹
光阴的故事
桃花在雪中妖娆
成长从疼痛里发芽

在通往春天的原野上
犁一亩松软的等待
种植缤纷的梦想
聆听春暖花开

春　分

太阳，终于不再睥睨北半球
她的眼神，温柔地触摸赤道
被时光分娩的春子
就这样，用稚纯的脚印
平分了春色
平分了寒暑，平分了

二十四小时寄居的
鲜亮与晦暗

欢笑与泪水铺垫成长
生命的脚步
在爱痛的分水岭上攀爬
站在春分的肩膀上
向北的力量汲取营养
温暖越来越偏袒
名叫北纬的意志

有时，春风也会摧折誓言
炎凉许是最公允的表态
给颓废开辟明亮的希望
也让蠢蠢欲动的傲娇降温

生命的冷暖
被春风吹向两端
一端绘染繁华
一端写意凋零

而你站在冷热中间
不卑不亢地迎来送往
目送萧瑟远去
翘首瑰丽降临

清　明

炊烟升起故乡
周而复始的春光
在隆起的思念里，凝成
一滴泪
洇湿忙碌的节奏

剥茧抽丝的温暖
捧着柳暗花明的春色
奔赴一场乡愁

相见不识的儿童
把悠长的回忆糊满风筝
放飞的欢乐，牵在
故乡的手中

用心寻觅一朵白云
供在将要断魂的四月

一场接一场的花事
隔着时空，和作古的人
谈论生死契阔

春天躬身而跪
神情庄严

失散的暖，缭绕
青烟徐徐

埋在乡土里的眷恋
不再沉默
婆娑了一首忧伤的诗歌

谷　雨

晚春在陌上小憩
柳暗桑秾
叩问春风化雨的深情
农人在土地上纵横捭阖
陈列一桩一桩的希望
百谷临盆的阵痛
流着泪等待繁华降临

四月的指挥棒挥舞春天
草木万马齐喑
落红情深，布谷声漫
欣欣向荣的旋律
奏响最后的春天

风壮硕了
鼓荡斑斓
一场淋漓尽致的怒放
燃遍四月的每一寸肌肤

春光汹涌，泛滥成海
躺在春天的怀里
醒着仿佛梦着

回首向来萧瑟处
生命以破冰而出的果敢
踽踽独行
一路涵养，春天
一生向暖的气质

夏天的节拍

立　夏

不用感伤
花褪残红的轻愁
芳菲涅槃
一枚青杏浅酌清欢

北方之北，依旧
春风骀荡
江南却已汗水涔涔
一场热恋的追逐
水阔山长

五月的阳光
适合安放恋人的憧憬
采伐一片绿色
建一座梦的小屋
做青春的婚房

阴郁被热流洗劫一空

颓废拽着忧伤一路逃亡

光风雨霁
登上彩虹架起的天桥
时光打马而过
从暮春歌进初夏

小　满

时光错落
小满出落得精妙无双
多一分则媚
少一分则瘦

凌波微步
在每一度绿阶上寻梦
麦芒刺破青涩
晕开的新愁写意成熟

趁年华正好
任阳光构思葱茏的断想
再将雨露啜饮
放马一垄垄旖旎
排山倒海的憧憬
蔓延成海

荏苒于小满的情怀

没有极致绽放
这份经典
在一个“小”的清韵里
吟哦岁月流动的风情

芒　种

当季节涌起金色的波纹
当城里的青年吟唱风吹麦浪
当梅雨潮解浩荡的乡愁
乡村的夜晚
已被汗水浸透

庄户人家
看不到起伏的浪漫
只有无边的辛劳和时间赛跑
他们眼中的风月是长在地里的民谣
在芒种的田野上击节而歌

土地孕育信仰
用辛劳的脐血灌溉希望
阳光在脊背上攀爬
灼热的脚步踩踏肌肤
弯曲如镰，如芒在背

低到土地的底色
烘托了广袤的金黄

就连夜色，也把月亮
打磨成一把镰刀
马不停蹄地收割辽阔的幸福

满载星辉
收获的喜悦斟满皱纹
伸个懒腰，倾泻的天蓝
继续耕种阡陌纵横的诗行
铧犁下的咏叹由弱渐强，由黄返青

晚风轻拂
原野又捧出绿色的梦乡

夏　至

太阳向北攀爬
许诺地球
每年都在北回归线
给光阴一个长久的拥抱

每到这个时候
夏天总被毕业的惆怅戳疼
离别流放在浓郁的乌云
随时酝酿一场泪雨纷飞
淋湿即将散场的青春

农民的眼里也暗藏愁云

紧锁的眉头，只有
颗粒归仓的钥匙才能打开
日影越短，脚步愈快
踩着夏至的鼓点劳作
一碗新面犒劳半夏的辛勤

寒蝉流响
拉开炎热的幕帷
虫鸣蛙唱，河水潺潺
流萤点染夜色
星空物语弹出回不去的童年

坐在稍纵即逝的夜晚
抬头看流星搬运童话
一声清凉的叹息
飘落在天亮的路上

小　暑

暑气在空中弥漫
温风熏醉接天莲叶的碧绿
晃眼的明亮
压不弯荷花出尘的美丽
一方池塘生长夏的娉婷

循着夏风的韵脚
聆听浓荫庇护下的悠然

居高声自远的夏蝉
沸腾了季候风情
知了小暑的身后
热浪仍在追赶

蟋蟀用歌声凿开夜晚的静谧
时光的隧道
镌刻慢生活的烟火
一些单薄的欲望
痕迹已被岁月风化
缀在天幕上的传说
装饰了梦境

枕着一缕月光
一把老旧的蒲扇
摇落城市的喧嚣
漫不经心地，扇来几朵
故乡的云

大　暑

气温节节攀升
夏的热望持续发酵
绿色血液灌溉时光
茁壮成一个季节的代言

溽湿的心情酿成乌云

随时宣泄，一场
汹涌的释放
濯洗沉闷

骤雨初歇，裙摆飞旋
乱了少年的眼眸
青春的荷尔蒙投进夜色
晕开夏夜一圈又一圈的风情

扎一个猛子
钻进夏天的河流
捞一碗星斗喂养天真
掬一捧月光照亮清宁
往事拍打着回忆
溅起一朵朵浅蓝色的惆怅

曾经，比远方还远的中年
如今已经近在咫尺
时间奔跑得汗流浃背
朝着夏的终点冲刺
把绚烂的青春甩在身后

秋天的味道

立　秋

从早到晚
夏天被蝉鸣撕裂
一缕清风乘虚而入
拉开秋的序幕

艳阳催熟梦想
以壮烈的姿态
等待秋天的检阅
等待炊烟袅袅
升起的笑声

白天的燥热坠落傍晚
沐浴着月光浣洗尘埃
卸下夏的妆容
裸露清纯

光阴的戾气被云朵消磨
飘洒沁人心脾的雨

一层一层的凉意
落满时光的栈道

大地敞开胸怀
承托一片叶的降临
仰望苍穹，微风携手秋天
款款地飘落

处　暑

露蝉声咽
炎热被风一丝一丝抽空
时光蘸着雨水写满秋的扉页
又一个轮回轻轻地绽放

一些事物开始陷落
树的葱郁，花的缤纷
一些事物开始蓬勃
丰收的希望，天空的湛蓝

秋虫呢喃着乡音
将回忆引渡到童年
几枚果实爆裂季节的核心
成熟的声曼弹拨曾经

秋风如约再掀季节情怀
残荷听雨夜未央

萧瑟立在秋水之湄
诗情随鹤鸣引上碧霄
婵娟将离人徘徊进相思

荒芜和壮阔描绘色彩的主题
阅尽繁华，清宁跋涉进原乡
抬望眼，但见闲云游弋
寂静地，触碰了
诗和远方

白　露

所有的白都显得单薄
唯有此时，白色的风
从古诗古韵中飘来
掀开诗经的幔帐
涌进杜甫的惆怅

以露为名的秋天
晶莹中透出干净的念
坐禅几度夕阳红
收集清晨的阳光
化成天边的一片云

越来越深的凉意覆盖温暖
把秋夜送进深远的寂静
晚风一遍一遍发散忧伤的意象

挂在无眠的眼眸

月光曲悠扬相思
但愿人长久，千里共婵娟
被一轮秋月吟唱出
千年的浪漫千年的痛

鸿雁南飞，永远也飞不出
北方眺望的目光
那条望尽天涯的弧线
是早春，就种下的乡愁

秋　分

时光跋山涉水
蓄积半生的力量，登临
秋天的楚河汉界
秋季平分线的尽头
温暖和沁凉比肩而立

没有雷声的协奏
蛰虫也埋伏起乡音
寻一处山寒水瘦的梦境
用寂静的维度，等待
来年的苏醒

田野翻涌着收获

农人面朝土地，接受
金色的洗礼
在那高高的谷堆上面
晾晒知足的欢乐

山野的风荡开秋色
枯黄的草叶埋进乡村的皱纹
枫林燃起的烟岚与云缠绵
牧歌悠扬，抹匀天蓝
相思落户，弥漫
月白的苍茫

金风吹来的秋天
挑起繁华和落寞
于秋分处平衡姿态
托起一片瓦蓝的天

寒　露

一颗露水
在秋月下降生
经过夜长昼短的浸蚀
从白易寒

绿色退出季节的舞台
时钟摇晃寒凉的钟摆
碰撞静默

敲响斑斓的秋天

一个叫菊的女子
从霜寒中走来
傲视群英
用真金般的质地
淬炼成一道深邃的风景

鸿雁衔着乡愁
客居异乡溶解惆怅
遍插茱萸的故里
飘摇起漫山的相思

秋风吹散青春
一缕霜发飞扬经年旧事
温一壶九月九的菊花酒
就着起伏的前半生
品咂生命醇厚的诗意

霜 降

时光走到这里
开始变得锋利
岁月的刀，切割
秋的触角
原野裸露枯瘦的执念

温度在节节败退
霜风蚕食绿色的盛典
企图用凋零的诱饵俘获生机
秋的根须向深处延伸
群岚挂满红色的勋章

生存的命题
用一颗报本的心作序
给血腥的法则
保留感恩的余温

那些弱小的生命
将前尘往事埋进乡土
在桑田的庇佑下修行
等待春雷炸响黎明
惊醒复活的诗篇

万物沉吟萧索
仍有柿树在霜寒的拷打下
淬炼甘醇
一盏盏橙红的灯笼
给正在谢幕的秋天
捧出最后一抹温暖的滋味

冬天的情韵

立　冬

站在十月的隘口
季节的风磨砺成一个锐角
洞穿人世凉薄
抵达冬的旷野

寒冷造访
封缄流水对秋的吟唱
把酒临风，饮尽沧桑
一片冰心收容萧瑟

大地裸露空虚
生命的羽翼零落成泥
在封冻的地里卧薪尝胆
等待来年春风化雨
培植茂盛的思绪

所有的草叶布局萎败
如火如荼的记忆

飘落于岁暮的苍茫
以腐朽的姿态重生

此时，烧旺的炉火
烘烤生活的清冷
藏匿的生机
吸吮日月精华
在冬的土壤里，浓缩成
一粒希望的种子

小　雪

作为季节的符号
小雪，是最矜持的使节
尽管出身寒门
她的莅临，却让冬天
千娇百媚

一个“小”的前缀
婉约了寒冷
纤纤玉指
轻抚冬的琴弦
一曲阳春白雪的清韵
高雅了寒流的格调

季节的绣片
装饰冬的大氅

着一身素白
时光便生出两种气质
一半内敛持重
一半烂漫活泼

多少枯寂被纯洁覆盖
收藏现实的寒意
掀开雪藏的一角
种植的温暖
汲取落雪的营养
慢慢生长成春天

雪花飞扬
缓缓铺开行走的心事
熟稔的花絮
一朵一朵栖在冬的睫毛
过往的疼痛，把琼花
打磨成晶莹的泪滴

大　雪

一场白铺天盖地
储存锦绣
此时适合放牧心灵
更适合扬一把童年趣事
将这簇新的天籁落满笑声

一场宏大的舞剧开启
朔风与雪联袂出演
翩若惊鸿的舞姿
妖娆枯瘦的冬天

不妨虚度一个午后
和从天而降的舞者促膝谈心
烹一段往事，呷几口青春
或者偷一壶月光
斟满寂寞，灌醉长夜

还记得柳河东的江雪吗
偎着空明绽开孤傲
用多舛的命运之饵
垂钓遗世独立的清绝

世间尘埃皆被荡涤
将素净的时光
扎成洁白的憧憬献给丰年

一树梨花站成风景
枝头萌生春意
有风吹过，纷扬成诗
散落天涯

冬　至

搭着季节的班车
路过春华秋实
行至岁暮
天色越来越暗

日头向南迁徙了很久
节日的通关文牒，终于
在南回归线这站
盖上返程的印玺

尽管北风摧枯拉朽
阳气依然悄悄复苏
任何肃杀，也阻挡不了
时光的脚步

通往春天的路更加崎岖
严寒肆虐，扫荡生机
黎明前的黑暗
蚕食夏秋余温

向暖的心定意澄澈
面朝三月双手合十
从今起，每天诵读
九九归一的真言

皈依春天

小　寒

冬天越来越像冬天
冷，已成定局
冰雪冻结流年的温柔
仅剩一抹残阳，还保留
血色浪漫

生命被风刀撕裂成碎片
把冬猫起的人们
带上体温的关怀
嘘寒问暖
遭受冷遇
让寒暄落地成冰

风吹来花的问候
春天在枝头次第开放
第一抹暖色栖在枝头
凌寒傲雪
感动苍灰素白的念想
不与百花争艳
却将仗剑雪舞的豪迈
绽放成疏影横斜的婉约

腊八冒着热气

氤氲古老的传说
五谷的清芬
被岁月浸泡
熬煮一碗醇厚的温暖
喂养消瘦的季节

时光加足马力
驮着重重的乡愁
朝着团圆一路张望
撒落的相思落地生根
长成守望故乡的春树

大　寒

冬天，已跋涉到
季节的边界
风加紧凌厉，席卷
从立春萌发的往事
呼啸而过
从萧瑟走到萧瑟

一个叫年的小兽惊醒新春
给裸露的季节涂脂抹粉
让苍白的时光楚楚动人
给萧条的物象张灯结彩
让寂静的万籁响彻云霄

攒动的身影搅动寒气
从城市到乡村
回家的旋律荡涤尘埃
散落的乡音铺满小路

秋水蔓延到母亲的双眸
用殷切的目光
砌一所巨大的磁场
吸引游子的脚步
浓郁的亲情抵御风雪
平安的脚步踏响一个暖冬

寒冷被团圆融化
流淌醇厚的诗意
握不住游走的时光
看冬天在掌心酝酿
生发成明媚的春天

第二辑　情川历历

矮矮的爱

小时候，想给父亲尝尝好吃的糖果
我踮起脚尖的爱也够不到父亲的嘴
我伸长手臂的爱也撬不开父亲的牙
我矮矮的爱啊
总是把甜蜜种植在自己的味蕾

上了学，我给自己画一幅奖状博取关心
我得意扬扬的爱掰不开父亲的笑容
我处心积虑的爱暖不热父亲的手心
我矮矮的爱啊
被父亲的冷峻切割成碎片

工作后，我把爱兑换成中老年服装
我铺张奢侈的爱掩不住父亲的勤俭
我虚荣浪费的爱遮不住父亲的朴素
我矮矮的爱啊
穿不透父亲苦难的一生

结了婚，我把爱倾洒在自己的小巢
我呵斥女儿的爱震颤父亲的脸庞

我宠溺娇惯的爱腐蚀父亲的眼眸
我矮矮的爱啊
衬得父亲的叹息越来越长

后来，父亲成了医院的常客
我用兵荒马乱的爱搀扶父亲的淡定
我把黯然神伤的爱交换父亲的从容
我矮矮的爱啊
抵达不了父亲的坚强

父亲的爱爬满岁月的墙
我矮矮的爱站在墙角
努力生长
和父爱连成一片海

以顺的方式

父亲的童年
堆满苦难
小时候，听他讲那些艰辛
他的记忆，仍在
冰冻三尺的严寒里瑟瑟发抖
我的眼里，流下一串串怜悯
第二天明媚依旧爬上眉梢

父亲把他的童年穿在身上
戴在头上
甚至吃进肚里
有一天，我终于忍无可忍
偷偷地，把他那些发了霉的苦难
扔在工业化的街头
用我的审美和习惯
给父亲买回
自以为是的时尚
还有现代化的孝顺
我看到父亲的眼里
那久违的悲凉

再次漫上浑浊的眼眸

父亲把俭朴刻在骨头里
他和潮流站在鸿沟两侧
我和父亲在时代两边
平行而走
互相观望，执守己见

岁月抽剥父亲的健康
他的身体瘦得只剩下倔强
病痛吞没他的头发、他的脂肪
他的声音全是烟熏的味道
曾经明亮的歌喉在枯枝上倦怠

我重拾儿时的依恋
再次聆听那些陈旧的苦难
一阵一阵的疼痛
痉挛我的懊悔
泪水打湿梦境
梦醒之后，我用顺的言行
弥补曾经我行我素的孝

腊八无粥

父亲是个孤儿
五谷的清芬，从未
飘过他的童年
所有的节日，好像
都在揭开他苦难的伤疤
那些浮肿的日子
常常挤得他无处安身
寒冬腊月，他的生活
比一碗腊八粥难熬
饥饿吞噬他的生长、快乐
还有破洞的鞋子露出的尊严

他用偷来的光亮扫盲
扫出一条通往教育的未来
成人的父亲
仍然不清楚腊八粥的味道
所有的美味，都填进
我们兄妹三人的胃囊
他的味蕾已被苦难
退化成一碗清水

浇灌我们的同时
也在清洗他的灵魂

丰衣足食的时候
父亲得了重病
他的食道，狭窄得
咽不下一粒红豆
我们的腊八从此没有腊八粥
年节成为衰老的信号
每逢腊月
时间开始疯跑
追着父亲的健康和我的忧伤

今又腊八
我把父亲的苦难、勤劳
无私、坚韧
善良、淳朴、顽强
还有倔强一起熬煮
让感恩的风
扇旺我虔诚的祈祷

端起这碗苦难岁月熬成的粥
我的疼痛滴落进父亲的人生

永恒断想

太阳吮吸最后一束明亮
熔炼白昼
天空隐退明澈
捧着黄昏燃烧蔚蓝

光阴向前奔跑
大步流星追赶青春
青丝缠绕暮雪
年轻已成一声叹息

蜜语还在发酵
向爱情深处膨胀
撑破现实的樊篱
碎了一地誓言

理想脱胎稚纯
攀缘岁月向上生长
在接近秋天的路口
向左拐了个弯

白天放弃蔚蓝
光阴遗弃青春
爱情背叛誓言
理想逃离现实

永恒在哪里躲藏

我将疲惫和落魄一起卸下
父亲将一条发旧的毛毯
轻轻盖在我的身上

爱的声音走进走出
哦！永恒就在身边

一阵咳嗽急促响起
震碎我的发现

这份爱也渐行渐远
抵达不了永恒

泪水漫过疼痛
漂浮起一夜星辉

凝 望

你盼我长大
盼我踮起脚尖就能够着一片蓝天
你用呵护搀扶我的懵懂
用衰老铺垫我的成长
用生活的斧头锤炼我的意志
陪我茁壮，再将我放逐

我披着你的目光上路
一路奔跑着攫取光阴
涉猎未知
你亲自筑的巢，安放不了
我的情怀，偌大的城池
装不下我的理想
我和你开始碰撞
摩擦起电灼痛心扉
再用力，就是爱破碎的声音

你在你的天地里漫步
我在我的世界里遨游
那些依恋你的回忆

被岁月碾成透明的时光

隐匿于血缘的爱
在发白的疼痛里凝望
岁月静好，无声的牵念
降落于一片纯明

这个夜晚如此清澈
我在你的皱纹里细数往事
那段被你亲吻过的童年
越游越远
再也无法上岸

弓

妈妈病了
爸爸的脸像一张拉满的弓
我的笑声在家里荡漾
那咧开的嘴啊
也像一张拉开的弓
妈妈
你可知道
我的心
是一张
向下弯的弓

火车晚点

火车晚点
广播里的声音，好像
催促夜色
独坐一隅
我的表象，平静的
像一尊雕塑

离弦的箭瞄了又瞄
时间的靶却一退再退
索性写首诗吧
让火烧的期盼，熔进
一首诗的缠绵
让呼之欲出的心跳停止颤动
让漫无边际的遐想回到人间

让幻想的情境成为艺术处理
让越来越慢的时间退回长长的思念

亲爱的
离别犹在眼前

腮边的泪珠还有咸咸的味道
等你的日子，我已经
把秋水一饮而尽
把你来时的旅途看穿

就剩几分钟的时间
还有几步之遥
我就能埋伏在你的胸口
听你沉重有力的心跳

可是这不到百尺的地方
却让我无力走进你的呼吸
让我的眼神望也望不到边

今夜只适合想你

今夜如此静谧
晚风吹凉了夜幕
我的投影落在窗台
落寞变成两份忧伤

那天也是这样的夜晚
河畔柳枝低垂
那些带剑的语言劈裂温情
却被一个拥抱治愈

你的目光把时光搅得如此暧昧
夜色在你的温柔里融化
温热的胸膛漾开秋水
粼粼的波光潋滟依恋的情怀

躺在你的呼吸里
不愿醒来
真想变成空气
被你吐纳成一朵莲花

今晚夜凉如水
只有影子与我相伴
晚风掀开我的心事
你的笑容把右心填满
左心放着，比夜色
还浓稠的思念

雨后的蓝

亲爱的
很久没有看到天空的蓝
雨下了半月
记忆长满苔藓
行走的念常被滑倒
洒了那么多相思

亲爱的
雨停了
阳光收纳我的心事
化作一片云
缀在碧空如洗的蓝

微风吹过
斑斓的秋一片一片飘落
我轻拈一阙秋词
它的韵脚也押着纯明的蓝

亲爱的
今天的蓝清澈见底

多想剪裁天边的一角
铺在你的枕边

再把那片云
镶进你的梦里

红　灯

十字路口
南来北往的车辆停滞
行人也放慢脚步
行经此处
所有的人都在等待

一只流浪狗
正在斑马线上爬行
速度比蜗牛还要缓慢

腿上的血，像极了
一盏红色信号灯

距 离

你的臂膀
将我的心托举得很高很高
我在你的注视里跳舞
飞旋的影
舞进我的瞳孔
在视网膜成像你的模样
我看见你的泪
从我的眼里流出
汇成
蓝色的相思

失 望

你终于有了声音
遥远而漫渺
我在井底
等了很久
那熟悉的脚步
由远及近
攀缘的手
够不着快乐
却抖落了一身尘土
有一些冰凉的东西
抚摸我的面庞
咬噬我的灵魂
等待的心
渐渐下沉

别 离

我的心
站在深秋的边缘
被夕阳
抻扽成寂寞的影
天边的晚霞
把空气浸染成深刻
别离
向我靠近
传递疼痛的温度
忧郁渐渐融化
从我的眼眸
汩汩而出

你的笑容

遇见你的时候
你的笑容像一弯小船
我把好奇放置船尾
任欢喜的眸打捞你的羞涩
载不动的人生初遇
搁浅了岁月痕迹

时光转角处
你的笑容再次漫上眼帘
时不时地蓄满眼窝
溢出的心事
打湿午夜的孤独

有一天
你把笑容丢在我怀里
我才发现你的笑容长满胡须
常常扎疼我的心
曾经搁浅的何止是岁月
还有寂寞的灵魂

从此我用你的笑容
雕刻时光
把喧闹雕成安静的模样
把想念刻成淡淡的忧伤

那弯像小船的笑容
悄悄泊在思念的海
想你的时候
月亮就弯成眼眉
眯在夜空
把一颗心找寻……

遇 见

一抹斜阳抒情
我把记忆
铺展到水边
夕阳、秋水、无边的寂静
温文尔雅的礼遇
开启尘封已久的心路之旅
从此，你的名字
染红我的思绪

夕阳西下，我的眼神
总是追随那一抹火红
在你忧郁的眼神里
捕捉童年的记忆
在你茂盛的文字里
亲吻你的人生

暮春的山风吹暖苏醒的心
混合着青草味道的呼吸
随着山风，吸附在
被爱唤醒的灵魂

烟雨空蒙，似乎
总是巫山的云在翻卷
关上与世隔绝的窗
温一壶，如隔三秋的思念
细饮，身体里此起彼伏的爱情

有时，也会把忧郁
渗进无助的诗行
思念的梅雨，总是
潮解，转瞬即逝的快乐
在夜晚，淅淅沥沥下着失意

寒冬，裹着爱意
在夜风中徜徉
遥望广寒
半个月亮悄悄爬上心房
我把如莲的心事放在你的掌心
你用琴音吹响辞旧迎新的相思

你是我花开蒂落的等待
又是我词不达意的告白
你是我笔墨生香的灵感
又是我辗转反侧的无眠
有了你，便有了
浅浅的醉、淡淡的愁
邂逅的那一瞬间，便注定是

今生最美的遇见

今秋，又一缕斜阳晚照
我在忽明忽暗的记忆里，晾晒
旅途的劳顿和欢欣
晚风抚摸我的心事，就像
优雅的额前轻吻
醉了夕阳，醉了秋光
以为沧海早已干涸
青鸟殷勤
桑田，依然葱茏

爱的路上

秋水粼粼的傍晚
采撷一朵云霞
珍藏在你馈赠的书页
寒流侵浸的时光
小心翼翼地翻出，那片
火红取暖

我在你的思念里
无处逃脱
从此，一颗种子
在春风掠过的土壤里
苏醒

蛰伏了一冬的心事
被二月的春风，剪成
斑斓的虹
梦想悄悄生长
心情洇成浅绿到深绿

寻一首半梦半醒的诗

隐秘其中
我用温柔抚摸你的沧桑
在你崎岖的呼吸里蜿蜒
翻阅苦痛浸淫的成熟
典藏进丝丝缕缕的暖意

微凉的雨，舔舐
春日的忧伤
疼痛把灵魂腐蚀得泪流满面
尘埃落定，霁月光风
吹开一扇柔软的心门
里面住着我的春夏秋冬

默默地，我把你的眼神
种在阵痛的心塬
在领悟茂盛的眷恋里
和你搀扶地走在
爱的林荫道上

你是我的小孩

你以山的姿态进入我的诗行
你的海拔，在七月的花海
遮蔽了我头顶的烈日
我悄悄靠近你
打量你的沉默
用仰望的眼神
攀缘你的魂灵

你的苦痛早已根植于血液
与时光一同生长
殇，是岁月留给你的一块胎记
在年龄的梯田上耕种忧伤

你把风雨洗练的坚强披在身上
让欢乐在麦尖上闪亮
那些穿过疼痛的微笑
总被夜色揉成一潭月光

我用苍白的语言抚摸你的心灵
在你的深邃里遇见一株小草

寂寞的风从草尖掠过
披在身上的坚强，像落英
纷纷飘落

你的叹息把夜色砸碎
蓄积的哀伤托举无眠
你像孩子一样无助
在夜的边缘泪雨滂沱

涉过泪水浸泡的路途
我帮你卸下湿漉漉的沉重
用温柔包裹你的冷郁
把你的孤独暖在胸口

蜕去铠甲
用我的疼痛亲吻你的疼痛
我把山一样的伟岸搂在怀里
你的高傲在我的柔软里坍塌

你是我的小孩
轻轻拍打你的孱弱
看着你蜷缩在我的心疼
像婴儿一样安睡

坠落在爱的山风

丽日风和
我们的身影
坠落在爱的山风
衣袂飘舞
把心吹成蔚蓝

幸福从眼里溢出
随着炙热的呼吸起伏
在贴近泥土的拥抱里
蔓延浓郁的温柔

空气弥漫着青草的味道
和着低回的歌声，浸入
奔腾的血液

山风把宁静吹得像一个舞者
抖落了一簇簇的鹅黄草绿
四周被绘染成初夏的模样
用最自然的妆容，等待
一场唯美的纠缠

躺在柔软的时光里
摇曳的心随时都在起飞
我想倾尽我的一切
以爱的名义，呵护
用伤痕雕刻的坚强

夕阳收集从秋到春的记忆
把甜到心痛的味道
从掌心传递
你是我寂寞的每一个瞬间
却又是我，梦外的温暖梦境

当你老了

当你老了
两眼昏花
看不清我眸里的依恋
那就听清晨落在窗台的鸽鸣
从遥远的昨天开采蓝色的思念

当你老了
步履蹒跚
追不上我向美的步伐
那就望望窗前明月光
月圆是画，月缺是诗

当你老了
口齿不清
唱不出令我痴迷的情歌
那就在唇齿间留白
旧时光的旋律在心底流淌

当你老了
激情衰微

不能用身体丈量爱情
那就用疼惜的目光
抚摸我的欲望

当你老了
我们天各一方
不能眉目传情
那就在阳光下打盹
一缕微风拂过梦境

当你老了
我也不再年轻
任白发绾一把年纪
我把回忆刻在脸庞
苍老的鱼尾溯洄深情

当你老了
我们在时光深处相遇
你意味深长地慨叹：
哦，你也老了

爱如海绵

你是一块海绵
一块厚实的海绵
自从遭遇你
我就身陷其中
在你温厚的怀抱中
恣意挥洒性情

有时我把忧郁渗到你的胸膛
任咸咸的味道搅乱你的思维
沉郁如你
却仍然吸纳我的冰凉
然后独自晾晒
挤出欢乐
端给我一份厚厚的舒畅

有时我用乖戾压榨你的敦厚
像一个捣蛋的孩子
在你柔软的心脏
舞枪弄剑
你因疼痛皱起

"川"形的伤痕
却依然将你的绵软铺垫我的犀利

有时我将烂漫渲染播撒
哪怕是一粒沙的快乐
一滴水的斑斓
你也会细细密密地
将它们收藏
然后
缓缓地蒸发
阳光的味道

爱如海绵
把冷漠温暖
将坚硬包裹
爱的张力
维系我的本真和倔强
那欲碎的灵魂
即使被高高地抛起
降落到你怀里的
依然是一颗
完好的心

穿透爱情

凝视　伫立
上演爱情的人啊
与世违逆的异类
慷慨的殉道者

爱衍生疼痛
相思的反应堆
被重逢引燃

那是怎样的化学反应
试探生成执着
羞涩转化热烈
洞穿肉身
辐射灵魂

相聚除以分离
爱的方程式除也除不尽
无限循环的叹息
在日复一日的等待里
小于相思

哪怕只有零点几分的拥抱
思念也能越过无垠的时空
抵达爱情

第三辑　亦行亦思

夏至的半碗面

今夏的冰雹砸碎夏的温软
丰稔的愿景狼藉一片
农人用千疮百孔的心
把哭泣筛了一地

我触摸不到他们的悲伤
在夏至这天，偷偷地
倒掉了半碗面

那也许是一双布满裂纹的手
亲自播下的种
也许是一副椎间盘突出的腰身
犁出的地
还有可能是一个上不起学的孩子
磨出的粉

吃面的节气
一根面度量一季的热望
缠绕朴素的喜悦
而我仅用一秒的时间，就倒掉了

他们半年的辛劳、希望和揪心

这一天，我仿佛
消耗了此生
积攒的所有善良

阳光照着半碗面的晶莹
也照着我虚伪的悲悯
灵魂里的那点善
还没有酿成醇厚的诗意
就被半碗面沦陷成
夏至里的祭奠

我离宽恕还有多远的距离
才能从容地走过夏季

路途遇见山

疾驰在路上
周围的高山
穿越了寂寞光年

这屹立不倒的伟岸
是上苍耕耘在海里的梦
亿万年的酝酿
长成葱郁的桑田

千年的悲风
吹不散万年的守候
挺立的苍翠
滴落成无边的绿野
渗透在山脚下
汪洋成绿海

苍灰色的天宇
抖落沉积已久的心事
浓郁的愁绪
终将泛滥成海

站在你面前

我被缩小成一粒尘埃

而生命

却站成

一座大山

山 岩

沉默的山岩
被往日时光
浸成陈酿
伟岸的形象
壮美了天地间的传奇

赭石色的旧梦
裸露着生命的铿锵
每一道底纹
笑傲风霜血雨
把每个春秋吟唱成
一种深刻

也许只有风知道
冰心玉壶的情怀
在苍茫中哽咽、绵延
那天荒地老的孤寂
在粗犷的叩问中
兑现古老的承诺

历史的烟尘
在时光中慢慢腐烂
守着内心的清白
在丰富奇谲的红尘间
笑傲风霜

穿越千古的风华
挑起沉重的疮痍
聆听松涛，静观风雨

在无垠的浩瀚
和葳蕤的守望中
始终与深沉的信仰
相依为命

一位建筑工地上的女人

她是一位母亲
也是一位女儿
在生存的重轭之上
被城市绑架得很高
很高

钢筋水泥架构的空间
她艰难地挪移
看似征服世界的壮举
在小心谨慎的催促下
显得力不从心

她拖拽着帷幔，遮蔽了
尚不体面的楼房
她给城市的容颜，涂抹
绿色的胭脂

这样的高空表演
在光天化日之下
不会引起喝彩

她只给自己表演
或许还有亲人

日子把她扔进黄昏
在城市的边缘
仰望四角天空
她把乡愁，藏在
如水的月光之下
寂静的夜晚
泄露了相思

睡梦中的微笑
温柔了暗夜
她看见自己的尊严
在城市的上空
灿如夏花

女儿的书包

小时候
我的书包很清瘦
灰头土脸的外表
装着简单而快乐的童年
懵懂的铅笔头
涂鸦嬉笑怒骂的成长
一根窄窄的带子
轻盈地骑在主人的肩膀上
在操场上撒欢儿
在树荫下乘凉
在晨风中放飞梦想

后来我和书包
恋恋不舍地告别
我把热望装进女儿的书包

女儿的书包很丰满
营养过剩的体形
仍装不下现实的骨感
大腹便便的容量

硬生生地把少年锻造成
四十不惑
漂亮的书皮
顽皮地泄露了孩子
纯真的向往
羸弱的肩头
被两条宽厚的带子碾压得
不堪重负

希望在书包里发酵
嘱托在课业里泛滥
学校把压力装进书包
孩子用尚未强壮的臂膀
背负起社会的竞争
气喘吁吁地
朝着高等学府冲刺

自由的灵魂游走于书包之外
画画跳舞与一本二本格格不入
特长爱好
被压迫得没有容身之所
偷偷抄写的歌词
是虚度光阴的佐证
老师驾驶着二元一次方程的马车
父母挥舞着现在进行时的马鞭
沿着经线、纬线

奔跑在汉唐明清的浩瀚里

未来的歌唱家、发明家
在沉重的书包之下
萧瑟、枯萎
而望子成龙的热情
却在孩子的书包里
越演越烈

我只想与自己和解

天色暗淡
倾轧我眸里的芬芳
秋分分出的暖
被晚风吹落

蜷缩在黑暗一角
空茫的心逐渐失重
平静托起纷乱的内心出走
却看不到天的尽头

所有的人都在忙碌
或者为名或者为利
或者伪善的迎合
或者真实的卖弄
漫天飞舞的虚妄洗劫纯朴
念想里的那点真无处遁形

行走的心总会落满尘埃
弹飞溅在上面的泥淖
吹走浮在表层的灰尘

还有一些嵌在肌理的疤痕
等待自愈

无力与世隔绝
我只想与自己和解
一只眼用来旁观
一只眼用来鉴别
然后把自己喜欢的样子
安放在灵魂深处

五月即兴

芳菲残喘的五月，春天
捂着冷雨敲打的胸口
徘徊在清冷的街头
明媚鲜亮，在距离浓酽的守候里
不小心碰洒了迷失的忧郁
冷雨敲窗，带来湿漉漉的问候
这个春天，总是迷路
找不到夏的入口
逆向生长的温度
把刚蓄积的力量打翻在地
风雨不懂悲悯，总把阴冷
嫁接给长夜
阴晴是光阴的音符
在或忧伤、或明快的旋律中
总能找到生命的出口
守着清寂的日子
晃见五月鸣蜩，即颂春安

女人如歌

站在三月的肩头
是谁染红了节日的玫瑰
你曾是纯美的代言
却在孕育中成就伟大

还未斟酌优雅的滋味
风霜已侵蚀了花容
当时间碾过天真烂漫
爱与付出是你生命的命题
当弯曲的背影成为年龄的注解
高雅依旧被秋日的夕阳传唱
纵使明艳凋谢
厚重终究被岁月的风骨托举

用盐锻造的女人
每到三月
才含蓄地点亮如歌的记忆
其实生活的任何点滴
无不渗透着你的味道

没有夕阳的黄昏

白天，躺在夜的肩膀
休憩
落霞与孤鹜，藏在
黛青的思绪里沉睡
清冷的风，传来
傍晚的歌声
没有日头的日子
此时，诉说一种情怀
回家的人，挟着风行走
在水墨画中
这样的色调，时而把生活
涂抹得有点沉郁
鼓荡的宁静悄悄降临

当一个人徘徊在街头

星星揉着眼睛
想把忧郁拭干
孤独的身影
踯躅在街头
遥远的街灯
打亮
儿时的记忆

成长的脚印
深一脚浅一脚
踩着无忌和快乐
踩出一条
凝重而悠长的路

长大的孩子还时不时想起
童年的歌谣
是成长的痛
长成成熟的痒
把灵魂
晾在欢乐之外

现 实

白雾茫茫
我行走在朦胧诗里
氤氲的诗行
以不变的姿势延伸
周围都是彩虹的颜色
每个人都是翩翩起舞的精灵
我也跟着清扬的旋律
舞进一片白花花的丛林
隐约中
梦之门打开缝隙
一缕阳光射进来
灼伤了我

无 眠

连泪都带上枷锁
不能恣意喷洒
重重的叹息
砸碎夜的宁静
忧郁尘封了心灵
记不清笑靥如花
夜风传来萧索
在未央的夜里
可是催眠的歌谣
一滴泪滑落
把梦涟漪

粉 饰

当思想成为负累
就将它掩埋
闭上眼
黑夜是我的温床
轻灵的魂让嫦娥嫉妒
她说我的眼睛
有风干的泪痕
我莞尔
下雨了
雨正好落在睫毛根部

夜晚独行

夜晚独行
冷风零乱我的发丝
也零乱我的心情
飘散出淡淡的哀愁

夜晚独行
月光笼罩我的身躯
也笼罩我的心海
涟漪着皎洁的感念

夜晚独行
天空凝视我的双眸
也凝视我的心灵
宣泄出幽幽的深沉

夜晚独行
夜色涂抹我的颜容
却无法涂抹我的忧伤
不知是夜的藏蓝
还是心的殷红
将路途朦胧

美丽的痛

星星闪烁的时候
忧郁弥漫开来
喜欢于月独酌
捕捉昔日的身影
那熟悉而遥远的脸庞
捻亮一朵叹息

深邃的你
如一汪湖
凝重而含蓄
湖心的水藻
留恋你的柔情

掬一捧湖水
望穿天涯
湿润记忆
流下
无力拭干的思念

是美丽的痛

弹拨斑驳的过往
在深的夜
荡漾，回响

阳春三月

蔚蓝的心在料峭中苏醒
遗失了生机的眼眸
荡漾着尘封的情怀
童话的心事
在少年的脸上含苞待放
明媚俘获了忧郁
希望在田野上浅吟低唱

万象容颜
被轻风抚摸成稚嫩的模样
萌动在阳光里缓缓流淌
在一个温暖的感觉里
绿意在心田从容地蔓延
给自己一个振作的理由
昨日惆怅的叹息
从指间轻轻滑落

已经很久很久
没有那么多清丽的词汇
罗列在心头

年轻的云在幸福地徜徉
粉红的心事挂满枝头

仿佛
一片一片的希冀在血液里茂盛
染绿了灰色的灵魂
在与缤纷不期而遇的街头
你蓬勃的呼吸扑面而来
依偎在你灿烂的胸怀
心情也淡淡地绽放

北方的秋

哦！这是你吗
久违的邻家女孩
记忆里浪漫纯真、一脸稚气
再见时已出落得亭亭玉立

春天的襁褓是你成长的温床
骄阳妩媚你青春的梦境
曾经青涩的眼眸
如今已蓄满浓郁的心事

转眼凝眸的瞬间
天空长高了许多
朗朗的身姿
透着纯澄的辽远
清澈的魂灵
浅吟满腹诗书的情怀

清凉的风
轻抚受伤的心灵
走过激情燃烧的岁月

聆听一种静美

叶子垂下眺望的眼帘
栖息在母亲的臂弯
酝酿父亲的风骨
把内心的深情掩埋

原野里到处盛开了
耐人寻味的金黄
黝黑的农人
把沉甸甸的秋天收进仓里
皱纹里斟满了丰富与满足

鹅黄的思绪
在北方的秋天里
轮回一季金黄
用丰腴的姿态
祭奠春秋

垂 钓

今晚，新月如钩
天幕用时间做饵
垂钓各种生态

夜晚的回收站
堆满白日梦、虚伪、纷扰
和各色人等
当然，也会收纳进一些柔软
善良和感动

有些东西难以取舍
比如虚伪的言语
强颜的欢笑
还有发白的记忆

只有一点可怜的真实
也被拥挤得变形
心地就方圆几里
剔除和收藏煞费苦心

一片月光爬上窗棂
照着这摊世相
也照着我不知所措的灵魂

岁 月

岁月
是一匹不羁的野马
驰骋在草原，在沙漠
在皑皑的雪山
在茫茫的原野

岁月是一池吹皱的湖水
荡漾在夜晚，在晨曦
在月明的仲夏
在云淡的清秋

岁月是缱绻的午后
徘徊在藤椅，在窗前
在嘀嗒鸣响的钟摆
在微风轻拂的纱帘

岁月是渐渐忧郁的眼神
蔓延在书籍，在人海
在寂静的沉思
在跳跃的指尖

岁月是无痕的思念
是行走的风景
是一圈一圈
刻在你我心头的年轮

冬之絮语（组诗）

不惑的风

走过岁月
不惑的风把青春吹皱
攀援着夕阳的光影
于寂静中聆听韶华回响
衰草在枯黄中沉吟
春风夏花的绮丽
渐行渐远
在秋月冬雪的路上
抚摸着曾经的悲喜苦乐
在盛大的青春背后
倔强地行走

暮雪街头

苍翠与纯白
在寂静中漠然守望
思绪在冷风中
品读肃穆
枯萎是忧伤的眼泪

在暮雪的街头
成像清冷的气象
皑皑雪语的呢喃
不及我凝望雪的温柔
我拖拽着青春的尾巴
久久不肯离去

初　雪

翩跹如蝶
在洁白深处飞舞
孩子的笑声
染红了冬的萧条
成人的眼里
有童话的波光闪烁
树与雪的拥吻
陶醉成亭亭玉立的深情
思念在纯白的底色上
铺展到远方
淡薄如素的季节里
人们把心情踩成
欢愉的、寂寥的
恬淡的、温暖的
印迹
莹润的心灵
在初雪的旋律里融化
滴落成如莲清语

从心间满溢流觞

怀旧时光

时光里
每个生命都是不归的旅人
光阴追着年龄跑
过往的悲欢浸染了旅途
回家是生命线上的岛纹
在不平坦的掌心里
注定镌刻成秋心滞重
愁思里的天光暗了
抓不住幸福的一角
就在旧时光里流连

守候寂静

寂静的光阴里
有烟的纠缠
无声的丝语
游弋出青云缭绕
金黄的液体，和着
温热的血脉撒欢儿
在红白细胞的牵引下
一路奔腾到心脏
有风的呜咽
撩拨了沧海月明的光景
风　烟　水

围绕在寂静的魂灵旁
在有形的具象里
凝固成一幅沉思者的肖像

冬天的树

苍凉中
裸露着孤独
凌风的舞姿，腾跃起
一个斑驳的世界
或是阳光的拥抱
许是月亮的亲吻
都在每一条筋脉里
漾起清冷的回响
和煦或凛冽的眼神中
都不曾湮没
沉默和高傲
在被四季侵浸了，风花
雪月的枝头上
倔强地等待春的信息

庞大的事物如此寂静

庞大的事物都如此寂静
比如天空的湛蓝
比如海水的深邃
比如祁连山上游走的云朵
比如青海湖畔绵延的花海

试着从深海中打捞尖叫
从云朵中呼唤泪水
在旷野上放逐呐喊
在深夜里埋藏哭泣

世界再广袤
也只有拳头大小
爱，痛，虚伪，忧伤
各有各的姿态
很多副词都能丈量
它们的边际和深厚

当他们过于庞大的时候
唯有声音无法穿透抵达

只剩寂静蜗居胸口
等待月光蘸着泪水
轻轻地抚摸

路过夏秋之交

向伪善行注目礼
在文明之路上列队成阵
信仰的旗帜在嘴角高高飘扬

皇帝的新装每天都在上演
路人皆知隐形商标的牌子

风吹着树叶沙沙作响
撩开裸露的皮肤

稀缺的真实被堵在路上
进退两难

清远的歌在天空吟唱
纯良的人又站在秋风里
用疼痛吻别背道而驰的夏天

即逝之秋

皱缩，痉挛，枯萎
秋天正接近死亡
大地开始回光返照

美疼痛得决绝
血色浪漫环绕山岚
一排排勋章、一条条绶带
悼念弥留的壮阔

阳光深入浅出
一束束光华制造假象
仿佛将死之人的游丝
虚掩从前的劣迹斑斑

晚风瑟瑟
缓释深秋的绚烂
秋光已经饱和
一场盛大的缤纷驶向凋零

时光的传说
等待来年的第一声蝉鸣
唤醒它的美丽

夜 行

面对流光
夜的梦幻闪烁其词
请小声说话
蛰伏的草虫在酣睡
别惊醒它们的春梦

放慢脚步
听听河水的呢喃
还有水草摇曳深秋的挽歌

岸上灯火斑斓
每一扇窗都亮着等待
亮着卸下面具的真实

时光淹没蹄声
倚窗的人换了姿势
秋水之湄的叹息已成化石

那些旧色的尘埃

被匆忙打磨成机械的钟摆

夜风吹散无所适从的脚步
庞大的寂静悄悄降临

第四辑　竹杖芒鞋

泛舟东江

烟雾弥茫
幻化一帧梦境
从晨曦的边缘旖旎成画

一叶轻舟推开三千里清波
撒一网情深
打捞山水风华

两岸的猿声
把青山染黛
循着一缕余音
抵达轻灵

日复一日
光阴潋滟成河
撑一支岁月的长篙
漫溯流年

晨光熹微
晕开日子的清淡

一幅大写意
挂在东江的眉眼
静默成醒来后的一首诗

如何将一场雪和铁器关联

雪下了一层
薄的还能透出青砖的历史
这座宅院老了
老的连墙垣的经络都斑驳起来
一些用旧的词语，仍然
描绘不出这份旧的光景

这里的铁器也上了年纪
不比这座宅子年轻
铁器上铸着盛典、战争
农活，也许还有炊烟和旧式爱情
如今，它们躺在这里
供人端详
时不时会引发一场唏嘘
一段辉煌，一曲落寞

一丛翠竹染绿空气
地气在一寸一寸增长
加深记忆的温度
墙头那抹火红，独饮清寂

让这黑与白交织的沧桑
生出温柔的气象

雪，薄如蝉翼，落纸荒凉
铁，硬冷厚重，掷地有声
如何将这场雪和铁器关联
这黑的铁，白的雪
需要岁月相接
将它们的冰冷，揉进
怀旧的情缘

长风寂寂，穿透思绪
此地无须锦绣
这黑色的，久远的忧伤
只消慢慢反刍
然后让泪水结晶
凝成雪花
覆盖在念旧的心上

圆明园之痛

站在帝国的耻辱里
一个民族的疮痍
裸露在阳光下
衰草沉吟绮丽的挽歌
白玉青石横陈着累累伤痕
依稀露出斑驳的庄严
福海裂着无法愈合的伤口
向世人凄美地微笑
千百种风情被烈火蹂躏
残垣断壁依旧抚摸往昔的美丽
迷途的兽首找不到炎黄的根基
在异国的天空下哭泣
痛彻心扉的悲怆披露了野蛮的罪行
东方文明与西方文明
被一把大火
化成了灰烬

腐朽没落的王朝
在园林罹难之际
惊醒了沉睡中的旧梦

民族的脚步在悠长的岁月中
艰难地寻找未来的进程
帝国的疤痕
蕴含了另一种丰富
沉郁荒芜的废墟
纪念她承载的光荣与梦想
岁月的风沙掩埋了
狂妄和自大
在通向过去与未来的小径上
凭吊的脚步踩着一百五十多年铸就的辉煌
强忍付之一炬的剧痛
聆听灵魂的肃穆与悲壮
裸露的白骨
再一次警醒我们

站在历史的肩膀上回望
痛心和忧患在这片残损的土地上蔓延
凝思和叩问一次次激荡年轻的心灵
再高贵的路也并非总是通向辉煌
自闭和落后中的浮华
终究会轰然倒塌
重新站立的是信仰和发展
文明的牌位不能仅靠供奉
重建的尊严在每个炎黄子孙的心里
国人的血泪
刻下耻辱与反思

用智慧与和平之笔
书写崛起
在这片残损的遗址上
让科技与正义之光
再铸人类文明的丰碑

大漠随想

一望无际的沙漠
望不到边的蓝，清冽的水，
红色的鱼在水里游荡

着一袭白纱的女人
在空旷的孤独里低眉浅唱
黄沙、白衣、红麟、蓝天
组合成柔美而苍凉的图景
浓墨重彩地描绘柔软的心肠
描绘绝世的回响
一片广阔起伏的渴望，还有
没有援手的无助在风中飘扬……

这不是无助，这分明是孤独。
有着苍凉的过往，难言的心伤
世界的熹微在千里戈壁上残喘
夙愿被风沙吹得干涸

文静中听到壮丽
寂静里感到苦楚

温文尔雅地接受凄美的碰撞。
不可抑制的悲怆
腾起狂风湮没的黄昏
绵延着昭君出塞的忧伤

这是大漠的温度灼烤的冷艳
是天蓝倾洒了忧郁的苍黄
是游走的时间遗忘短暂的欢愉
是无边的梵唱安抚遥远的梦乡

这些毫无关联的人、物
引吭了一曲轰轰烈烈的绝唱
世界给我以无望
我许世界以柔肠

又见长子

时光不紧不慢地挪移
从历史麾下立起一个长子
丹朱的名号
已赤诚数千年

我原想抚摸她的沧桑
谛听她的悲怆
甚至用我不值钱的泪水
砌一堵颓垣般的文字
招摇我虚拟的悲悯

通衢的繁华撞得我不知所措
流泻的葱茏溢出瞳孔
染绿惊异慨叹
碧风掀开城市的典雅
裸露的古老与青春一起飞翔

城市动脉在地下纵横交错
把生活的血液输送到每个角落
地上的现代川流不息

地下的文明不露声色

华灯初上
小城被闲情温柔以待
时光用来摆渡喧嚣
也用来斟酌慢生活的风雅
还可以寻觅一处幽谧
寄存月光下的呢喃

那只叫精卫的小鸟
从《山海经》飞来
在发鸠山的山脊上
衔起石木飞越苍茫
穿越千万年
缔造以名字命名的精神

陪嫁皇明湖

湖就在脚下
旖旎成梦不是梦
夕阳洒一湖酒曲
湖边客走着走着就醉了

我不过一介红衣女子
无意中做了艺术的陪嫁
妆奁盛放我眸我心
还有一路采撷的柔软和迷乱

你凝视我，我探寻你
一方清凉重新定义夏天
美丽倒挂湖里
垂钓一束束屏息凝视
我的瞳孔溢满世外桃源

你的名漫上逆光
我愿死心塌地做你的剪影
一抹晚霞悄悄蒙上我的眼睛

一场秋天的行走（组诗）

走进鹅屋

匆忙的深秋
捎来远方的蛊惑
背上收割的情思
在晨飓中放飞轻盈

秋天的山坡
诗情画意连绵起伏
踩着秋光吹软的筋脉
一个童年的趔趄
猝不及防地扑倒在秋天的童话

笑声飞向云端
洒一路欢歌
丝丝缕缕的清莹浸润心田
倚着秋天馈赠的温暖
满腹心语铺满羊肠小道

和晚霞一起走进山里

走进遗世独立的神宇
走进恍惚的梦境
走进不能呼吸的惊叹里
虔诚庄重了心情
一砖一石陈述万籁有灵
祈祷之音在灵魂深处回响
匍匐在静默的慈悲里
世界的缤纷成茧
伫立于日薄西山的光晕
天边的晚霞，泼洒了
苍苍茫茫的眷恋

镶嵌在夜幕里的星星
把夜色，点缀成诗歌
错落的灯火
亮着细水长流的守望
一天又一天
一年又一年
我把这场记忆做成风铃
每当秋风款款而来
那些藏在心底的音律，就会
叮咚作响

遇见张家洼

为一个诺言
深秋，在无数遍的憧憬中

婉约成一首宋词

一岁的光景
心情已走过千山万水
秋风在季节的渡口
摆渡一场灵魂的远行

高远的蓝，越过广袤
从枝丫间倾泻
一款清寒的秋韵

古老的歌，在空谷中回荡
风雨洗礼的历史
依旧挺拔着山的脊梁

被时光打磨的岩石
把嶙峋风化成温润的等待
纯白的肌理
裸露沧海桑田的变迁

慨叹在壁立千仞的悬崖上
排列成一队翱翔的鸟儿
在千沟万壑的容颜里
找寻沧桑沉淀后的幽远

凡俗纵身一跃

埋葬于深不见底的深邃
我拽着我的眷恋
把一串串形容词
遗落在这深秋的黄昏

沉醉七里峪

从没见过哪个秋天如此潋滟
夏的底色仍在流连
秋潮已澎湃壮阔
一叶丹心捧出一抹秋光
一场杜鹃啼血的告白
把秋天染成一个传说

白桦林的歌谣
将秋天折返进青葱岁月
一曲新词的尾声
依然沉吟着往日时光

列队成阵的金黄
把杜甫的秋声藏匿
秋林纷扬成诗
伸向远方

是梦里秋水涟漪了七里
还是秋风鼓荡了梦境
我的七里香

弥漫在深秋的路旁
沉醉不知归路

仰望高原

以纯洁和湛蓝为背景
三百六十度的纯粹迷了眼眸
诵经的风吹来诗歌
沉默的玛尼堆
镌刻栉风沐雨的心愿

剪一角天空
折成梦想
放飞。一尘不染的永恒
盘桓在湖泊、冰川

云朵在天地间游弋
翻飞的身姿
跃动一幅自然的唐卡
澄净洗练的天宇下
微小如尘的魂灵贯穿其中

生命如此高贵
每个魂灵都有安放的天堂
生命如此苍凉
千里之外都是孤寂的梦境

一伸手就能企及蓝天的高度
一弯腰就能触摸大地的脉搏
高天上的流云被感动充满
躲闪不及的泪水泛滥成海
沐浴着被雨水荡涤的阳光
朵朵云霞染红姑娘的脸庞

穷尽一生的顶礼膜拜
塑造生命的质朴铿锵
漫长悠远的信念
用等身起伏的告白，宣誓
内心的虔诚

神性是隆起的图腾
仰望你的容颜
浮华被遥远的传说蒸腾
那些尘世间虚妄的存在
在你的脚下瞬间冰封

崎岖的情爱，逶迤在
冰冷的雪峰
执着的守望，以拔地而起的姿势
穿越岁月
绵延千年不化的爱恋
岿然屹立

曾经把你形容成冷酷
玛吉阿米回荡着活佛的情歌
曾经把你想象成泥淖
每一双眼睛都流淌着干净的语言
曾经以为你是荒芜苍凉
金黄和葱郁演绎了撼人的交响
曾经以为死亡是最深沉的告别
高原的灵魂却以飞翔的姿态轮回

高原上盛开的情怀
像藏羚羊一样驰骋在纯净的天堂
目光抵达之处
辽阔的世界点亮我的灵魂
站在苍茫的慈悲里
凡俗尘念渐渐失重
博大和感动压榨苏醒的心脏
我在朴素的觉醒里深深呼吸
哦，疼痛的心跳越来越响

香格里拉

列车驶进世俗
明媚的眼眸、善良的微笑
越来越稀薄
冰冷的铁面
在浮华里正襟危坐
初心在光怪陆离的尘世里迷路

我知道我的魂灵还在纯明里流连
守着困惑踽踽独行
纵横交错的前景在脚下徘徊
一个牵着纯净的小孩
把简单装在彩色的车厢
孩子，孩子
你的火车能否带我
到没有虚妄纷扰的香格里拉

给十泉岭的诗起一个名字

遇见十泉岭，有些意外
时光吹皱纹理
灵魂依然清澈
村庄，秋香，泉水，南岭
串联成一首清远的诗

这首诗
题目不能太时尚
篱笆，红墙，还有庄户人的笑
镌刻土生土长的质朴
丰收的景象挂在檐下
泥土裹着芬芳弥漫村庄

更不能用肤浅的词汇抒情
张家大院
历史的甬道上，陈列厚重
黛青色的砖石，依旧是
明清温婉的模样
传承的文明雕刻庭院
一笔一画书写庄严

岁月变迁
孝感天下砌入张氏的骨骼

那就用一个忧伤的诗眼吧
岭南山蜿蜒凄美的传说
莲步踩出通往爱情的小径
秋水之畔，私语落满青台
门第横陈在爱情中央
忠贞的力量跨越生死
在来世的路旁痴缠成连理
一粒红豆
绽开血色的浪漫

岭南的一草一木
都植入爱情的意象
松林阵阵
呜咽一首爱情的绝唱

我该用什么词
点睛你的诗意
迎面的秋风吹来岭上的温柔
打开想象，蒹葭苍苍
飘摇《诗经》的浪漫
旧色背景，泊在眼中
复制一曲清浅的离歌

想了很久
也想不出
用什么名字凝练诗魂
走了很远
也走不出
秋天邂逅的这场爱与哀愁

在云端

一年只有一个春节
团圆，蛰伏了四季
插上翅膀，从北方飞到南方

出发前，母亲
把平安的祈愿
燃成一缕缭绕的香火

在云端，大朵大朵的眷恋
浮在碧蓝的柔波
悠悠地飘远

隔窗俯瞰
那些密密匝匝的火柴盒
布满归来的温暖
也掺杂远离的惆怅

多想把自己裁成两半
一半在北
一半在南

雪山之巅

只有站在这里
我才向命运臣服
我才向亘古的孤独叩拜
雪，终年不化
即使阳光普照
仍无法消融沧桑

你在嘶吼
猎猎罡风鼓荡生命的经幡
风马旗飘扬神的旨意
超度灵魂的残缺

头顶的白云
会翻卷成雨
将我的目光湿润
荡涤尘世的虚妄

天空的蓝
已辽阔成海
将我的忧伤拥抱入怀

倾听你喘息的温柔

沦陷于广袤的孤独
我重新修订誓言
用这极致的高贵
向岁月表白
表白我未泯灭的纯粹
仍在攀登寂寞和从容

在杏花村

杏花村的花只开一季
杏花村的酒却醉了千年
从殷商飘来的香气
将古老深处的村落
烙上清明雨的惆怅

是哪个牧童随手一指
杏花村就成为酒庄的梵唱
成为微醺的历史
成为文化的一章

这清冽的滋味御风而行
用一连串的动词表白心迹
抚慰，触摸，勾连，吞吐
在晃动的思维中完成
一种极致的释放

落日楼头，它的馥郁
又拂过历史的城墙
将帝王将相的功过

安葬于一个谥号

这杏花白的春天
有多少村寨挂起酒旗
昭告天下它是酒的老家
是乡愁的原浆

我在恍惚中拽着风的一角
自言自语
清醒地沉醉

流水线图景

文明被液化
流淌在智慧之渠
指令像一个逗号
切分作业的段落
每一小节
押相同的韵脚

高级灵长
星罗棋布地散落
在河流两岸栽培统一思想

工艺被分解成精细的碎片
只需惯性串联
便能抵达终点

河流供给金色的梦幻
却将灵魂出卖给机械
日复一日复制生活

尽头的那座灯塔

闪烁温情
遗落的弹性
明灭可见

哦，岭头村

微缩的地图上
我找不到一个叫岭头的村庄
我不知道那个几乎全村信教的村庄
有悲伤的泪水淹没幸福
有抗战的硝烟燃烧的图腾
还有年近百岁的老人蹒跚的期待

这是一个水果飘香的村庄
黄澄澄的梨子，红彤彤的大枣
描摹秋天的图景
甘甜的果子留守村庄
在泥土里埋葬年轻的生命
却不能远走他乡
给乡村镀一层金色的花边

这是生长民族气节的村庄
烈士的喘息仍在耳鼓震荡
一孔土窑依稀残存当年的温度
泉水的清冽映照军民鱼水的深情
一个叫大海的战士，把智慧

荷枪实弹地投向鬼子
凯歌回旋的上空
白云千载，却载不动
岁月落满的尘埃

这是错落有致的村庄
冬日的苍茫吞噬葱郁
院落里堆满一年的辛勤
秋天在岭上零落成泥
只有连绵的山脉守候光阴
我从纵深的山谷里获取荒芜
沉默是最深沉的安慰
和岭头彼此相望
一缕山风吹来久远的问候

那些陈旧的物品
依然闪耀曾经的殷实
记忆的碎片拼接富丽的想象
年代的烙印吸附探寻的目光
可无论怎样的辉煌，却无法
安抚眼前落寞的忧伤
这庭院，或许埋藏着半部红楼
她的诗意被遗忘在他乡
我把唏嘘，留在这方
没有烟火的残垣之外

哦，岭头
你从来没有因为侵略而畏惧
也从来没有因为疼痛而呻吟
却在我一声声疼惜的问询中
哭湿了土地……

站在春天的田埂上

岁月犁出沟壑
在父辈的额头播种希望
风，吹过
一茬又一茬的油菜花
春天排山倒海地黄成汪洋

天蓝得让心长出翅膀
掠过澎湃的芬芳
向诗意俯冲

站在春天的田埂上
一场声势浩大的涅槃
正在酝酿

季节开垦光阴的故事
太阳穿过父辈的阡陌
在子孙的胸腔里，只留下
一垄泥土的颜料
续染生命原初的底色

走在秋天的寂静里

走在秋天的寂静里
沉重的脚步踩碎秋的忧郁
聆听秋日的私语
不要悲悯枯萎的生命
其实，它的魂灵已经孕育
苍郁的希冀

走在秋天的寂静里
树叶合着风的节拍
旋转出一个宿命式的主题
零落成泥，不是你们想象的
悲戚
繁华褪去
更大的繁华盛装莅临

走在秋天的寂静里
夕阳妩媚了山水
你的笑容晃了我的眼睛
一个瞬目的间隙
绯红的落日就已跳入水里

击打着诗的韵律
把秋天送进阒静的夜里

走在秋天的寂静里
思绪，在暗夜中飘荡
每一处落寞凄清
都是一种修行
我沉浸在你的怀里
亲吻一份沉甸甸的人生

飞向安宁

如临深渊的欲望
迷了眼睛
拄着从前的骄傲
在煊赫的叫嚣中走向孤寂

绯红的荣耀粉饰归路
梦想坠落之前
内心的惶恐战栗着骄纵

纯白的羽翼扑闪真诚
蓝色的温暖传递过来
牵起我无助的迷茫
飞向安宁

烟 花

在夜的一隅
遇见了你
寂静的风景没有表情
多想让夜色围堵你的行程
在这万家灯火的暖里
你忘了我的疼痛

每个节日
浓烈的思念穿过长夜
相思成灾的星河
流淌我的深情

我把最痛的痛留给自己
只为博你一个回眸
那些陈年往事
蓄积在心里
等待一个盛大的邀请

用尽生命的能量
呼唤你的名字

请给我一点爱的星火
我会在爱的裂痛中
绽放我的美丽
成全你暗夜里的柔情

一棵树的四季

一棵树在婉约中浣洗
额头上的料峭被鹅黄吹落
碧绿的心情蔓延到清明
懵懂的情怀在水中涟漪

风烟仍在苏醒
一棵树的羞涩被浓荫抹去
青春在狂热地生长
火红的理想在夏风中飞扬

想和蓝天有一个拥抱
却触不到他的臂膀
追寻的脚步驻足翘望
往事洇染了斑驳
秋月打捞如水的清凉

抖落一身尘土
日子裸露沧桑的筋骨
飞雪呼唤灵魂的乳名
纯真在苍茫里寂静里回答

生命在四季里跋涉
站成一棵树的姿势
扎根泥土的成长
在如水的流年里
深藏春夏秋冬的欢乐
还有茂盛的忧伤

愚人节

今天
大家都给小愚庆生
这个平日里让人生厌的家伙
终于登堂入室

招摇过市的小愚
所到之处
肆无忌惮地挠着生活的胳肢窝
平淡紧张，被他挠得
笑弯了腰

再过些时候
他又要隐姓埋名地生活
提高警惕的人们
继续循规蹈矩

真想所有的愚弄，像今天
这般开怀
命运的玩笑
不要给心灵，拷上
明亮的枷锁

岁末感怀

舞者都已散场
灯光都已熄灭
昨天的缤纷还冒着一丝热气
今日的斜阳已拉长寂寞的身影

岁末时分
盘点一分一分的心情
那一丝一缕的生活小节
清醒了幻觉
踟蹰于落下帷幕的喧闹
盛大的孤独不请自来

用十分的努力，换
一分快乐
一分收获
一分幸福

剩下的七分
一分给忧伤
一分给艰辛

一分给失败
一分给挫折
一分给颓废
一分给懊恼
还有一分
哦，分给遗憾

旧岁泛起霜花
新岁在向我们招手
我想用二分之一的力气
攀援那些以稀为贵的快乐
剩下一半的力气用来咀嚼平淡
我还要收集那些令人沮丧的眼泪
看它们如何在阳光下蒸发

骑在夕阳的马背上
我开始倒数风景
看一轮朝阳
喷薄一个新的黎明

转经筒的阿妈

阿妈的脸被时光吹皱了
生活的印迹纵横交错
罡风从雪山吹来
带着神的旨意
吹进阿妈的容颜
褶皱里蕴藏菩提的光芒

摇动经筒
摇今生的祥瑞
摇来世的超生
摇一阵风吹散草原的忧伤
摇一首诗流过夜色的惆怅

摇一个轮回走过生命
向死而生的旅途成熟善根
摇这般恩怨悟道苍生
严苛也是神给予生命的馈赠
摇千山万水钟灵毓秀
山川湖泊浸润灵明的告白

摇动古老的虔诚
走过残缺的梦
用身体丈量通往灵魂的距离

手摇经筒的恒念
在比诗歌还要圣洁的眼神里
托举起从生到死的微笑

在素白的世界种一个彩虹似的梦

世界是素白的
树上结着季节的风流
一袭洁白楚楚而立
纯了世界，净了心田

远方，皑皑的天地
生长恬淡的生活
平常人家的笑声
融化了冰雪
蒸腾丝丝缕缕的岁月烟尘

年终岁尾
在冰封的土地上凿一个开始
把彩虹似的梦种在初心
过往的伤痕和收获营养胚芽
耕耘越走越近的纯简
等待来年
平安亭亭如盖

爱与生命

被死亡追逐
生命在悬崖绝壁上苟延残喘
逃亡于更深的绝望
生死逼迫到恐惧的深渊

困兽之斗
和千钧一发的危难对决
生命的嘶吼
把血腥的生存震荡
喷薄而出的绝望召唤希望
生存的尊严
在振聋发聩的捍卫里
让威胁战栗

强与弱的较量
在生死角逐中
以舐犊的情深
化险为夷

爱的力量
让危难深处的挣扎
站成温柔的风景

冰雪路上

随风而行
纯白的富丽在眼里穿行
琼花灼灼
开在季节的路上
纯净在蓝天下呼吸
吐纳清冷的风
从尘世深处凝结一段冰雪奇缘

冷静雕刻时光
生命的艺术在冷暖中生长
寒流塑造冷峭的坚强
在冰封的温度里倔强成风景
一缕阳光的问候
潸然了绿色的微笑

没有比冰更软的心
一触暖就融化冷硬
没有比松更执着的情
一生钟爱绿意

凝固的时光里
美丽不输给季节
有风吹来
一个叫雪的女子
婉约了整整一季寒冷

般若之光

坐于尘嚣之上
独守光阴的故事
繁华一瞬
生死轮回的道场
且听清音梵唱

世间之景
皆由心造
翻阅今生来世的经典
苦楚是通向极乐的天梯

芜杂繁重碾过岁月
虚荣终成尘土
弱水三千，旖旎
荒原生长的沉重
日月婆娑
只取心香一瓣

身处陋室一隅
与清明相伴朝夕

白衣拂尘
却不惹尘埃
一念起落
已被心量裁剪得优雅从容

般若之光普照
不在凡间
梵间自有心灯一盏
温暖人世沧桑

狼的独白

游历于旷野
在天地之间长啸天风
夜色是我的穹庐
收容我亘古的无眠

众生都在乞怜认同
祈求一种
大同的温柔
凄厉的风穿透骨骼
我的足迹涉过狰狞的现实
偾张一股从不低头的倔强

进步公式从来都把
弱肉强食奉为圭臬
只不过有人会伪装成弱者
博取一个冠冕堂皇的声名

解读真实
就能破译我的基因密码
千万年遗传的染色体

给了我与世违逆的性格

夜幕里的那颗天狼星
或许会读懂，我苍凉的温柔
漫长的孤旅
我用冷僻和坚毅
走向无人意会的孤独

向心而飞

在摇曳的明媚里
在一片华丽的告白里
我不起眼的姿态点染春光

等待风信子的到来
等待一次比远方更远的远行

你轻舞飞扬的问候
在我的望眼欲穿里掀起波澜
灵动静美一相逢
蓬勃了一场关于爱的纠缠

缤纷在洁白的底色上停留
沉醉于比蓝天还高远的热望
忘了风从哪里吹来
忘了远方的路还有多远

我听到心，被一朵会飞的彩云
牵绊的声音
清风如解意

朝着这朵绚烂的方向
把这纷飞的眷恋，吹到
我牵挂的地方

风穿过我的身体

很久没有站立
没有仰望蓝天白云
没有俯下身端详一株小草
眼前是绿海
是喧嚣切割的一角
是初夏微漾的凉

我把折叠的念铺展
把另一个自己打开
任凭风穿过身体
掀开弃置已久的温柔

风咬着耳朵
咬着心里的痒
咬着我一点一点被吹开的骨缝
灵魂的泉眼也被风凿开
蓄积的悲伤和欢愉
汩汩而出

试穿一条红裙

冬天早被解冻
多瑙河蓝成一支圆舞曲
试穿一条红裙
裙摆装得下整整一个夏天
骄阳、树荫、宫廷芭蕾
欲擒故纵的诱惑
月光下的私语

层层叠叠的时光
在镜前盛开

年轻的色彩
被夕阳打捞

一只鸟儿飞来，栖在
即将散场的青春

一只猫叫醒春天

清晨扑面
书里的文字也朗润起来
一只猫把困意留在冬夜
叫醒春天

故事还没讲完
有的光阴却已泛黄
早春的新绿又在招展
宁静可以致远
也可抚慰当下的零乱

掀开的这页书
昨天还浸透忧伤
今天已被春光
染成一抹清新的模样

倔强的枯萎

枯枝上的一抹冷艳
努力挽留一段时光
高悬着美丽
在倔强的枝头招展
季节散去
终于累弯了那份骄傲
看得清世事
却一直蒙蔽自己的心
做一枚及时落地的果子才好
不要让枯萎高高地凋落

重逢秋天（组诗）

丢在秋天里的姐姐

姐姐是个路痴
可我常常跟着她在童年疯跑
姐姐喜欢采撷漫天的秋光
她的篮子，总有果腹的甜蜜
还有捡不完的艰辛

她把欢乐撒在路的两旁
她说，这是回家的路标
夜幕降临
姐姐捡起欢乐藏进月亮
想着夜里还能摸着月光回家

日子扬起灰尘
那些皎洁的欢乐落满沉疴
姐姐找不到回家的路标
她和我的童年，一起丢在
秋天的路上
那些丢在风中的欢乐

把我划伤

月亮爬上窗棂
心里的疤痕总被月光揭开
姐姐从伤口里走来
端着一碗清淡的童年
喂饱我的寂寞

一到秋凉
姐姐就把相思围在我的颈项
温暖我的无眠
那双蓄满秋水的眼眸
白白的巩膜透着隐蓝的忧伤
披着清凉的夜幕
挽着她的温柔，我们安静地坐在
夜色苍茫

秋 恋

行走在人生的旅途
心有戚戚地和秋天撞了满怀
依偎着欲语还休的秋天
一时失语

秋风把轻吻送上额头
这样的礼遇把优雅嵌入骨骼
一场场叶事开始发生

障目的春夏被风寄存

困在萧瑟里的秋天
把盛装莅临的初见珍藏心头
西风漫卷秋思
和泥土谈一场旷世绝恋

秋天不轻易许愿
风尘仆仆的情意
从浅秋的怀里，小心翼翼捧起
一路走到难以割舍的深情

秋天的眷恋
不在残枝败叶上煽情
和炎凉几度周旋
鸿雁把诗意
捎到天涯

往日赋予深情
秋天把沧桑举过浮云
也许洒下忧伤
也许飘过诗行
也许以温凉的目光
注视远方

秋　思

沉溺在秋里
无处躲藏的记忆被秋蛊惑
清愁飘落在路上
一个季节的眼眸泛起波光

往事是一首含泪的秋辞
岁月的风口
如梦的童年随风起舞
每年秋风来临
都会把母亲吹进柔软的心房

命运像白云一样飘飞
落在山里成了人家
漫山遍野的秋光
结满玛瑙紫的欢乐
父亲的一声叹息
就把故乡埋在秋天的村庄
走了半个世纪的秋天
走了很远
也走不出期期艾艾的乡愁
这如梦如幻的秋天啊
就攥在故乡布满老茧的手心

秋　月

一轮明月悬在心里
每到仲秋
秋月就挂在眼帘
滴落一串串相思
苏东坡的月光
散落俯仰古今的旷达
从宋朝一直流转到今天
而我怀里的婵娟
每年都有晓风残月的苍凉

掬起一捧月色
指缝间溢出清凉
蟾宫里的桂花树
总有砍不断的惆怅
对影成三人的诗行
在月光下摇晃

这无法自拔的秋愁
总是该圆的时候圆
该缺的时候缺
却在我浑浊的眼眸里
从未停止过忧伤

秋 雨

秋雨潇潇，红衰翠减
天空像奄奄一息的病人
脆弱的心被秋云遮盖
毫无抵抗地被忧愁击中

忧郁的苍黄在空中漫游
从春天的懵懂游弋进夏的骄纵
抖落一身浮名
飘洒了浅吟低唱

衣衫遮蔽的线条
在秋雨的涤荡下
现出丑陋的原形
很多没有灵魂的人疾步行走
去赶赴一场虚无的盛宴
失意的人守着尘世的纷乱
徘徊在昏暗的街头

黑夜揭开凌厉的帷幕
仅存的一丝暖意
也被冷郁摧残

崎岖的路面蓄积天空的眼泪
梦想坠落之前

弹起，一个鼓舞人心的假象
破裂的声音
像一个荒凉的感叹号
长途跋涉，寻到
一声叹息

葱郁的树叶
难掩泛黄的尴尬
任由岁月的风从时光深处吹落
秋窗已成抽象的艺术
一缕缕秋意冰凉地滑落

诗意行走

（后 记）

2006年，我从一名白衣天使摇身一变成为一名文艺工作者，脱下白大褂，拿起纸与笔。看似截然不同的两种职业，但二者的服务对象都是人类本身，有着共同的精神母体，灵魂需要以肉体为依托，而肉体需要灵魂去丰富，医治病身，安抚灵魂。这两者间的关联，或许成为我对“人”字的另一种理解。人字的一撇一捺，更像是肉体和精神，相互支撑，才构成一个完整的生命。因为职业特点，再加上天生自带的情怀和敏感，以及生活中扑面而来的感动，在体内涌动、酝酿、发酵、溢出。人生中的各种喜乐悲恐惊，构成我生命的色彩。

记得小学三年级寒假，我们当地报社举办了一次“寒假一日有奖征文活动”，我在父母的鼓励下参加了此次活动并取得三等奖的成绩。领奖那天，作为校长的父亲带着我来到颁奖现场，我是当时年龄最小的一名作者，主编让我上台讲话，我紧张得一个字也讲不出来，父亲坐在台下看着我局促的样子，既紧张又骄傲，而我恨不得找个地缝钻进去……尽管这是一次颇为遗憾的领奖过程，但这次获奖着实让我在同学们面前趾高气扬了一把，并从此开启了我对文学的热爱。从医之后，繁忙的工作和职业缜密的特性以及思想惰性，使得我与喜爱的文学越来越远。直到我参加公考进入文联工作，有了大把的时间和文学艺术亲密接触，我才发现始终没有泯灭对文学尤其是对诗歌的幻想和热爱。每当进入创作状态，那些积淀在岁月之中的情愫和感念便会流泻于笔端，让我在贫瘠单调的生活中捕捉生活的光亮和美好，以及那些痛楚的不可呐喊的隐痛，也给岁月留下或深或浅的疤痕，提醒我生命意识的存在，精神上涉猎的人情世故都成为我诗意的泉源。

在时光之流里，我学着用一种分行的写作方式摆渡生活，涵泳，翩跹，浮沉。这种叫诗的文体，用她内在的柔软、温暖抚慰我，也用她无形的坚强、勇敢砥砺我，甚至用她隐秘的悲愤、宽厚拯救我。这成为我思考生活、感悟人生、自我救赎的另一种个人化的表达方式。我只想说，她仿佛一朵白色的彼岸花，只为那忘川水旁回眸一瞥，把我尘世的肉身惊醒、照亮。我内心时常因为诗歌流光溢彩、轻舞飞扬。

从发表处女作开始，我便犹抱琵琶半遮面地在诗歌的舞台上摸爬滚打数十年。青涩、稚嫩是我初涉诗歌时的写作状态，简单的小城生活，循规蹈矩的成长经历都成为我诗歌的底色，多彩的赤橙黄绿青蓝紫一目了然，像是尘世之外的一抹彩虹，释放出清丽的色泽。而生命的厚重和宽阔需要岁月加持，才能抵达灵魂深处。但我依然选择性地整理出一部分作品在此结集，这些旧日的痕迹和告白在进入时间隧道之后，仍能唤起我对往日时光的一份贪恋和回忆，并且随时都能看到自己构建的一个世界以及在岁月行进中的独白。溯回其间，那个幼稚的身影，不着尘埃的、甚至有些矫情的自我曾经那么鲜活地在诗歌的土壤里培植对善、恶、美、丑的发现和思考，并且在一些小确幸的时光里给予我生命的别样体验。

2016年，是我创作的第十个年头，从家庭琐事的记录到个人情感的回忆，再到生命意识的复苏，我的眼光和触角不断向更细微、更宏阔处延伸。时光的倏忽，自然的轮回，草木的兴衰，突然引发了我的好奇和悲悯，万事万物总以它固有的时序和规律生长消亡，这其间的生命历程又瞬息万变，生生不息。比起自然，比起宇宙，人又何其渺小，何其单薄。时光，这种永恒的存在，再一次令我诗意勃发，我将目光瞄准古老的节气物候——从二十四节气的脉络中梳理我的诗情，用诗歌的涓涓细流融汇华夏文明的智慧结晶。历时一年，我用心体察时光变迁、万物更替，在每滴雨、每株草、每朵花甚至每缕风中感受自然呈现的美妙吟唱，这既是现实的轮回，又是梦幻的交替。最终写就了与以往不同的一组诗歌——《藏在节气中的诗情》，将二十四节气用诗的方式进行言说吟咏，这也是迄今为止我对诗歌选题和描摹的一次大胆尝试，并得到很多读者、朋友、老师的认可和好评。这次尝试，给我以这样的启迪：世事都可入诗，万物皆具情怀。

我自知才疏学浅，在表达、见识、技艺、学养等方面仍有诸多的欠缺，但我仍愿意诉诸这魔幻的方块字，触摸自己的内心深处，并与外界发生关联。这种个体的存在意识，开启了一条我与世界的联络路径。我不仅凿开一条理解世界的情感与智性出口，并且结识了很多可爱的、真性情的作家、诗人，并能从他们的写作姿态和思想感情中觉知生命的本真面貌，让庸常生活中的我明心见性，听到来自灵魂深处的回响。

直到现在，我仍然对诗人这样的称谓受之有愧。诗人这个字眼于我而言高贵而优雅，而我远没有诗人的超脱空灵，更没有诗人的哲思宽阔，我仅仅就是用自己的那些过往和回忆记录生活，书写感动。对于呼啸而过的人生，这些浅薄的文字是我对自己行走的犒赏，对时光流逝的补偿，并且庆幸有这样一种形式的存在，温暖过一个又一个冷寂的长夜。渐渐的，我发现诗歌可以对抗孤独，甚至享受孤独，这样的生活方式，让心灵的硬度越来越衰减，随着时光的流淌，滋生出柔软、勇气、慷慨和从容，修复生命的残损。

想起十几年的写作，内心的点滴和曲折很多已经落笔成文，还有更多的诗情仍在酝酿发酵。我将继续用心书写过往、当下和未来，对现实在进行采摘和窖藏之后，重构其精神内核，再现生命之光，让诗歌照亮生活。

在此诗集出版之际，我仍要感谢路过甚至一直陪伴在我生命中的亲人和朋友，是你们的宽容和支持、提携和帮助让我学会自省和感恩，并以一颗诗心行走天下，在岁月的芬芳里采撷心灵的诗行。